Icinori

ISSUN BÔSHI

El niño que no era mucho más alto que un pulgar

EDICIONES EKARÉ

En un lejano país había una pareja de campesinos que no tenía hijos.
Todos los días, camino del campo, se alentaban cantando:
«Queremos un hijo nuestro, aunque sea chiquitín...
Lo amaremos pequeño, pequeñito, pequeñín.
Queremos un hijo nuestro, aunque sea chiquitín».

Ocurrió un milagro.
Tuvieron un hijo, pero, y esto apenas los sorprendió,
era realmente pequeño.
Muy pequeño, y por eso lo llamaron Issun Bôshi:
«aquel que no es mucho más alto que un pulgar».

Pasaron los años. Issun Bôshi mostró ser listo y ágil.
Aprendió a bailar, aprendió a cantar.
Y las gentes de la comarca acudían a ver cómo agitaba
su cuerpecito de aquel modo tan divertido.
Entusiasta, ayudaba a sus padres en el trabajo
y ellos se lo agradecían con cariño y afecto.

Al llegar a los quince años
tuvieron que reconocer
que no había crecido
ni poco, ni mucho, ni nada.

Un día, Issun Bôshi les dijo a sus padres:

—He decidido partir en busca de aventuras.

El mundo es muy grande, sobre todo para mí;

en la ciudad hallaré un lugar a mi medida.

Sus padres estaban conmovidos:

su madre le dio un bol de arroz, que él se puso en la cabeza,

y su padre le entregó una buena aguja, que se puso en el cinto.

Así pertrechado, ya estaba listo. Y partió.

El mundo es tan grande
e Issun Bôshi tan pequeño.

Cuando Issun Bôshi recogía ramitas en el bosque para hacer fuego,
se topó, en un recodo del camino —vaya, qué cara; vaya, qué hedor—,
con un tipo como jamás había visto —gigantón, peludo y raro—
que le espetó:

—¡*Te-ke-ke!* ¿Quién eres tú?

El chico no tuvo miedo alguno y respondió:

—Yo soy Issun Bôshi, no mucho más alto que el pulgar de un niño.

—¡*Te-ke-ke!* —se carcajeó el ogro—. Voy a proponerte un trato.
Si vas río abajo, la corriente te llevará a la gran ciudad.
En esta ciudad, encontrarás la gran mansión de un señor.
En esta mansión, encontrarás un tesoro, un bonito tesoro.
¡*Te-ke-ke!* ¡Me lo traerás! Entonces, mi mazo mágico,
Uchide no Kozuchi, «el que cumple todos los deseos»,
te concederá la talla que tus padres olvidaron darte.

Honesto y astuto, Issun respondió:

—Iré a la ciudad, iré a ver a ese señor, pero él se quedará
con su bonito tesoro, tú te quedarás con tu gran mazo
y yo me quedaré con el tamaño que tengo.
Así todos estaremos en paz. Buenos días, ¡me largo!
A bordo de su bol, Issun Bôshi navegaba ya en dirección a la ciudad.
A lo lejos creyó escuchar, como un eco:

—*¡Te-ke-ke! ¡Te-ke-ke! ¡Te-ke-ke!*

Finalmente, Issun Bôshi llegó a la ciudad. ¡Qué barullo!
Vendedores, caballos, serpientes, carretas, hombres, pájaros,
mujeres, frutas, chiquillos... agitándose y moviéndose por doquier:
este corría, aquella gritaba, y estuvieron a un tris de que,
entre todos, no pisaran al pequeño Bôshi.
Entonces, rápido rápido, aquel que no era mucho más alto
que un pulgar se escabulló entre las patas y las piernas
de la multitud.

Issun Bôshi encontró la más bella mansión
que pueda existir y se puso a gritar:
—¡Quiero trabajar! ¡Quiero trabajar!
Alarmado, todo el personal acudió y descubrió
con asombro la causa de aquel extraño jaleo:
un hombrecito chiquito, no mucho más alto
que el pulgar de un niño.
—¿Y para que sirves tú, cachito de nada? —le preguntó el amo,
desde lo alto del balcón.
Issun Bôshi se puso a cantar.
Issun Bôshi se puso a bailar.
Rápidamente todo el barrio acudió al espectáculo
y la gente reía, silbaba, aplaudía.

Entonces apareció una joven y suplicó:
—¡Padre, me aburro! Dame este personajillo, para que me lea,
para que me cante, para que me haga compañía.
Agotado por aquel desorden, el gran señor accedió
al ruego de su hija y contrató a Issun Bôshi.

Desde aquel momento, Issun Bôshi acompañaba a la joven
a todas partes. Un día cantaba, al siguiente bailaba...
El tiempo transcurría y él se esforzaba en inventar trucos
y melodías para divertir a su joven dueña.
Ella estaba encantada de tener un muñeco que sabía leer y pensar.
Pero el hombrecito comenzaba a decirse que sería muy agradable
llegar a ser, al menos por un tiempo, no realmente más alto,
pero sí un poco menos pequeño, para que ella lo mirase
con otros ojos.
Es que ella era realmente muy bonita.

Paseando un día por el bosque, mientras Issun Bôshi
divertía a la joven imitando la batalla de la oruga y
la hormiga —vaya, qué cara; vaya, qué hedor—, apareció el ogro.
—*¡Te-ke-ke!* Gracias, Bôshi Bôshi, por fin me traes
el tesoro que te pedí... ¡Mil veces gracias, chiquirritín!
Y con esas palabras, agarró a la chica bajo el brazo y huyó
corriendo a grandes zancadas.

Rápidamente, Issun Bôshi los alcanzó,
brincó, se agarró, arañó y mordió al coloso
con todas sus fuerzas.
Molesto con aquel bichito,
el ogro se lo tragó de un solo bocado.

Al llegar al fondo del estómago, Issun Bôshi sintió
que lo invadía una rabia terrible. Agarró la aguja
de su cinto y la hundió en las tripas del gigante:
pinchó, punzó y agujereó como un abejorro,
como una avispa.
Y nada se le escapó, ni hígado, ni riñón, ni corazón,
ni garganta, tanto y de tal manera, que el monstruo,
retorciéndose de dolor, lo escupió.

Apenas liberado, Issun Bôshi agarró, con la velocidad del rayo,
el mazo mágico del ogro, *Uchide no Kozuchi*, «que cumple todos los deseos».
Bajo las miradas estupefactas de la joven y del coloso,
el pequeño Bôshi creció, creció y creció.
Aquel que no era mucho más alto que el pulgar de un niño
se convirtió en un joven alto, fornido y, sobre todo,
terriblemente enfadado.
Sin su mazo, el ogro, asustado, huyó gimoteando:
—*¡Ti-ki-ki! ¡Ti-ki-ki! ¡Ti-ki-ki!*

Cuentan que todavía hoy puede verse,
paseando en la espesura del bosque,
a un ogro chiquitín pastando hierbas medicinales
para aliviar sus entrañas perforadas.

Cuentan que Issun Bôshi añora a veces su talla diminuta
y que guarda con celo su bol de arroz y su aguja.

Cuentan que la hija de aquel gran señor ha comenzado
a mirar a Issun Bôshi con otros ojos y que la historia
de ambos todavía no ha terminado.

Traducción: Teresa Duran

Primera edición, 2014

© 2013 Actes Sud
© 2013 Icinori, textos e ilustraciones
© 2014 Ediciones Ekaré

Todos los derechos reservados

Av. Luis Roche, Edif. Banco del Libro, Altamira Sur. Caracas 1060, Venezuela
C/ Sant Agustí 6, bajos. 08012 Barcelona, España

www.ekare.com

Publicado por primera vez en francés por Actes Sud
Publicado bajo acuerdo con la Agencia Literaria Isabelle Torrubia
Título original: *Issun Bôshi. L'enfant qui n'était pas plus haut qu'un pouce*
ISBN 978-84-942081-4-0 · Depósito legal B.13939.2014

Impreso en China por South China Printing Co. Ltd.